閱讀123

屁屁超人與加油女孩屁屁滅火器

文／林哲璋　圖／BO2

目次

人物介紹

屁屁超人

從小愛吃神奇番薯，讓他擁有超乎常人的放屁超能力，時常使用「超人屁」來行俠仗義。

直升機神犬

神祕小學的校犬，也是屁屁超人的好幫手，有一條轉不停的螺旋槳尾巴，能像直升機一樣飛上天空，還能放出沖天「狗臭屁」。

神祕校長

神祕小學的校長，喜歡偷學小朋友的超能力，常常用來做壞事，弄得老師常嘆氣，害得學生想哭泣，但是下場總是慘兮兮，所以直升機神犬時常送他去就醫。

校長夫人

神祕校長夫人，是校長的超級剋星。校長一見到她，就像老鼠見到貓，嚇得渾身發抖。

錯字大師

個性誠實正直，身上隨時帶著要訂正的本子和鉛筆。因為錯字寫太多，不知不覺練就了「將錯就錯」、「錯錯得對」的錯字超能力。

吐大氣老師

神祕班的代課老師，擁有嘆氣超能力，只要輕輕一嘆氣，就能吐出強烈旋風，什麼都能吹得一乾二淨。

淚人兒

從一出生就很愛哭，擁有「眼淚流成大洪水」的超能力，常讓學校泡在水裡。

人物介紹

跳跳娃

跳躍力強又有善心，跳得高又沒屁味。自從他出現在神祕小學，執行了許多需要登高跳遠的「救援任務」，間接奪走屁屁超人和直升機神犬的風采。

孔小子

擁有一指神功。只要他小指輕輕一彈、微微一挖，沒有什麼東西是通不了的，沒有什麼髒汙是塞得住的！

加油女孩

天生就有當啦啦隊的天賦。最愛笑容燦爛的對大家說：「加油！」只要她一喊：「加油！」四周就會出現滿滿的油。

冷笑話專家

（兼屁的哲學家）

愛說冷笑話，具有神奇又酷斃的結冰超能力。

平凡人科學小組

一群沒有超能力卻創造力十足的小朋友，常跑圖書館充實課外知識，喜歡發明新奇東西，用來幫助屁屁超人拯救師生，主持正義。飛天馬桶、神奇馬桶吸和充屁式救生艇都是他們的發明。

超能力師生

騎驢老師、怪女孩、模仿王、可愛公主、好話騎士……個個神奇又神祕，他們的事蹟可參考《屁屁超人》、《屁屁超人與飛天馬桶》和《屁屁超人與直升機神犬》。

前情提要

上學期，神祕班轉來兩位新同學跳跳娃和錯字大師。

跳跳娃跳躍力強、有善心，跳得高又沒屁味，他在校園執行不少救援任務，大受同學歡迎，人氣甚至高過屁屁超人。錯字大師的錯字神功更是神威無法擋。屁屁超人變成屁屁「抄」人，到處抄作業；直升機神犬變成直升「雞」神犬，汪汪叫變「咕咕叫」。兩位生力軍加入神祕班，增添班上、校園熱鬧氣息，讓神祕校長氣得牙癢癢。

這學期，神祕校長又躲在暗處虎視眈眈，覬覦學生的超能力。屁屁超人和他的超能力同學們要如何接招呢？

錯字大師真不錯

錯字大師因為錯字寫太多，別字寫不少，因此練出了將錯就錯的錯字超能力。

錯字大師的超能力除了老師感到頭痛外，同學們倒是十分體諒，因為有時候錯字大師寫錯字反倒是一件不錯的事，他的錯字神功將錯就錯、一錯再錯的創造了很多神奇故事……

錯字大師來到神祕小學神祕班，和屁屁超人成為好朋友，屁屁超人常常教他訂正作業，幫他檢查錯別字，避免被老師罰寫。

錯字大師很感謝屁屁超人，有一天，他向媽媽要了一顆大蘋果，想送給屁屁超人，答謝他的幫忙。

錯字大師拿著那顆大蘋果，經過校門口，見到神祕校長。

「校長早！」錯字大師向神祕校長打招呼。

「早！你手上那顆大蘋果是你的早餐嗎？」神祕校長盯著那顆大蘋果，擦了擦口水問。

「不是的，校長……」錯字大師雖然常寫錯字，但他是一位誠實的小朋友，他老實的對校長說：「這顆蘋果是我要送給屁屁超人的！」

校長聽了，有些羨慕，有點嫉妒，他酸溜溜的說：「那麼好，我都沒有……」

錯字大師拿著那顆大蘋果，來到走廊上，見到吐大氣老師。

「老師早！」錯字大師向吐大氣老師打招呼。

「早！你手上那顆大蘋果是你的早餐嗎？」吐大氣老師盯著那顆大蘋果，嚥了嚥口水問。

「不是的，老師……」錯字大師雖然常寫錯字，但他是一位坦白的小朋友，他老實的對老師說：「這顆蘋果是我要送給屁屁超人的！」

老師聽了，有些羨慕，有點嫉妒，他酸溜溜的說：

「那麼好，我都沒有……」

錯字大師拿著那顆大蘋果，走進教室裡，見到淚人兒同學。

「同學早！」錯字大師向淚人兒同學打招呼。

「早！你手上那顆大蘋果是你的早餐嗎？」淚人兒同學盯著那顆大蘋果，吞了吞口水問。

「不是的，同學……」錯字大師雖然常寫錯字，但

他是一位正直的小朋友，他老實的對同學說：「這顆蘋
果是我要送給屁屁超人的！」
淚人兒聽了，有些羨慕，有點嫉妒，她酸溜溜的
說：「那麼好，我都沒有……」
然後，淚人兒一哭，
教室就開始淹水了……

欄

我都没有~~
布

錯字大師覺得他應該趕快把手上這顆「燙手」的蘋果送走，但是屁屁超人不在位子上，他只好把蘋果放在屁屁超人的桌子上，附上一張便條：「屁屁超人，這『棵』蘋果送你。錯字大師。」

因為他把一顆蘋果的「顆」寫成一棵樹的「棵」，蘋果就變成蘋果樹了。蘋果樹上結滿了果子，果子多到全校一人分一顆都還有剩，這下子，人人都有得吃，個個都樂得很。

屁屁超人回到教室，見到座位那一樹蘋果，大方的表示：「大家一起吃吧！」

「耶！萬歲！」

值日生-
王大

屁屁超人想飛上樹摘蘋果給大家吃，可是大家勸他：「你不要去啦，請『跳跳娃』跳上去摘就好了，不然蘋果會沾到屁味……」

屁屁超人無奈，只好請跳跳娃去摘，跳跳娃一次跳、兩次跳……不久就把蘋果全摘下來。神祕班同學人手一顆，吐大氣老師分到

一顆，連神祕校長也有一顆，
全校師生都有一顆！
大家都樂壞了，紛紛讚嘆——

人家是負負得正，錯字大師是錯錯得對，他寫的錯字果然不錯！

一指神功
孔小子

「孔小子」之所以被稱為孔小子，因為他是一個「很喜歡挖鼻『孔』的『小』孩『子』」，每當他挖完鼻孔，那種乾淨、無瑕，挖完後空氣充足、暢通無阻的感覺——就跟考試考一百分一樣輕飄飄、喜孜孜……

漸漸的，他發現自己除了挖鼻孔，還能挖任何孔洞裡的

東西，例如，挖通阻塞的水管，挖通淤積的水溝、挖通堵住的煙囪。

有一次，他小指輕輕一彈、微微一挖，就把家裡堵塞多年的水管弄通了，他還疏通了城市下水道，替市政府省了不少納稅人的錢。

孔小子的超能力一發揮，沒有什麼東西是通不了的，沒有什麼髒汙是塞得住的！

神祕校長聽說有這麼一個厲害的小朋友，立刻拜訪孔小子的父母，要求他們把孔小子送到神祕小學神祕班就讀，神祕校長保證一定會好好教導孔小子。

「那就拜託您了，校長。」孔小子的父母表示：「我們在家也只能提醒他：挖鼻孔最好使用衛生紙、棉花棒，不然，至少也要把手指清洗消毒乾淨，我們夫妻倆對他的特殊天賦幫不上什麼忙。」

就這樣，孔小子來到了神祕班，成了屁屁超人的同學、吐大氣老師的學生。

有一天，吐大氣老師感冒鼻塞很嚴重，他快沒辦法呼吸，也吐不出大氣。孔小子見老師難過，眼裡不忍，心中不捨，便自動自發，自告奮勇，自作主張要幫老師治療，他把小指（用消毒紙巾

擦乾淨）伸了出去，企圖挖老師的鼻孔……

「太亂來了！」吐大氣老師抗議。

「太噁心了！」女同學哀號。

「太大膽了！」屁屁超人和男同學們等著看好戲。

吐大氣老師還來不及推辭，孔小子的手也還沒碰到鼻毛，整間教室只聽到一聲「啵」！吐大氣老師的鼻子通了，鼻塞治好了，他的表情恢復成神清氣爽的樣子。

雖然有點不情願，可是吐大氣老師還是說了一聲：

「謝謝！」

經過這次事件，神祕班再也沒有人會鼻塞了，鼻塞只要找孔小子就ＯＫ，比醫生還靈，比仙丹還神。

顯而易見的，孔小子的男性緣很好，女生緣就差了一點。

孔小子喜歡用他的超能力幫助別人，像有同學在操場旁的樹林裡灌蟋蟀，他見同學灌得辛苦，便用他的神奇小指幫忙挖，立刻挖出一個大洞，蟋蟀手到擒來。

如果有人想拿回掉進地洞裡的皮球、飛進樹洞裡的飛盤，只要通知孔小子，請出他的神奇小指，統統沒問題，次次都搞定。

就這樣，想挖蚯蚓的來找孔小子，想挖雞母蟲的來找孔小子，連號稱找到學校藏寶圖的小朋友也來找孔小子去挖寶。不久，操場就千瘡百孔，處處是坑洞了。

見到學校操場被破壞，神祕校長生氣了，他把孔小子叫到校長室責備，並且提出交換條件：「把挖鼻孔超能力的祕訣交出來，否則就要接受可怕的處罰……」

想不到，孔小子一點都不覺得為難，他興高采烈的對校長說：「校長，您也想挖鼻孔嗎？太好了！我教您！」

孔小子非常榮幸能教導校長「挖鼻孔」的技巧，他好不容易才找到一個志同道合的同好，他高興極了，立刻傾囊相授——把所有他會的挖鼻孔技巧，一五一十的全教給校長。

剛開始神祕校長什麼都挖不出來，不過在孔小子有教無類、諄諄教誨、因材施教的細心指導之下，偷學過各種超能力的神祕校長，展現了身為大人的能力與價值，青出於藍更勝於藍！練成挖鼻孔神功的神祕校長不但能挖地洞、挖樹洞，還能挖牆角、挖地基……

挖穿地球瘋校長

有一次，神祕校長心血來潮突發奇想，在操場上用力向下挖，挖出了地下水，甚至挖出石油，讓學校發了大財！

神祕校長因為挖出石油，增加了財源，節省了經費，充實了國庫，受到長官的表揚、上級的嘉獎。

公路單位想要鑽隧道、挖山洞，聽說了神祕校長這號人物，專程請他來幫忙。校長手腳並用，一挖再挖，沒多久，就把隧道挖通了。大家都對校長豎起大拇指，神祕校長也驕傲的用自己的大拇指挖了一下鼻孔。

神祕校長志得意滿，決定再接再厲，一挖再挖，他靈光一閃、心生一計：「帶夫人出國旅行，坐飛機必須買飛機票。如果，我往地心挖下去，挖到歐洲，挖到美洲，這樣往洞裡一跳，直接就到了國外，不必花錢坐飛機了！」

「校長這樣挖下去，地球會不會毀滅呀？」平凡人科學小組組長一手翻圖書館借來的書，一手打計算機，計算著校長挖洞行為可能導致的物理反應。

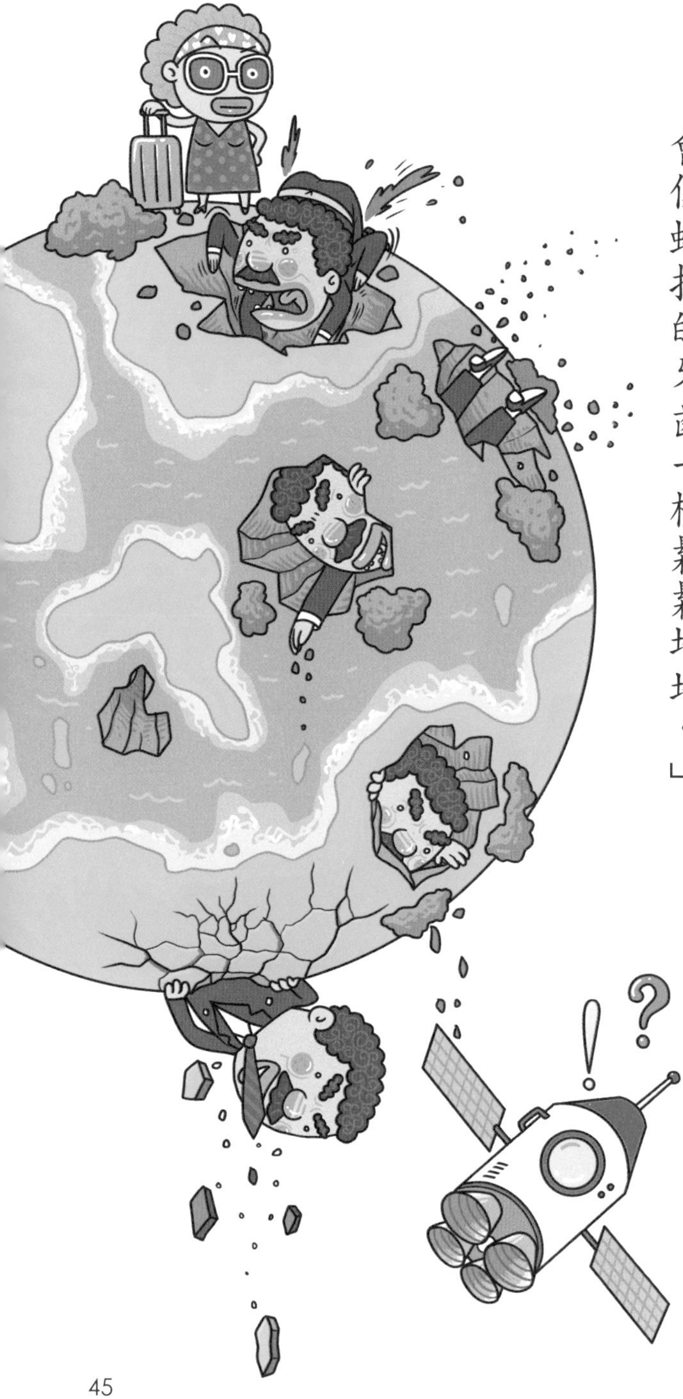

「我們要阻止校長……」屁屁超人登高一呼：「如果校長想帶夫人環遊世界，四處挖穿地心，那地球不就會像蛀掉的牙齒一樣鬆鬆垮垮？」

平凡人科學小組也附和：「校長挖穿地心，害地心的岩漿流掉了怎麼辦？地球會不會失去溫度，變成了冰凍的星球……」

「我們一定要阻止他！」神祕班的小朋友和平凡人科學小組異口同聲，不約而同的說。他們一齊去請教孔小子——商量如何對付挖鼻孔神功？

孔小子抓了抓頭、聳了聳肩說：「我這超能力，我自己也不知道該如何克制……只有在我媽罵我的時候，我才會暫時停止挖鼻孔……」

「總不能叫校長媽媽來罵他吧？」

「誰知道校長媽媽在哪裡呀！」

「校長是大人了，不會怕媽媽罵他！」

大家七嘴八舌，討論不出解決的辦法。

「遇到問題，就應該去思考問題的根本起源……」

幸好這時候「屁的哲學家」（進化後的冷笑話專家）出面，說出他的看法：「例如，想消滅『超人屁』，根本之道只需把神奇番薯藏起來就好。」

於是，屁的哲學家問孔小子：「為什麼你會想要挖鼻孔？」

「當然是想要鼻孔通暢，好讓呼吸順暢，呼吸順暢就血氧充足，血氧充足就神清氣爽，神清氣爽就精神百倍，精神百倍就會樂觀進取、奮發向上、排除萬難、勇往直前——成為一個好學生。」

「好……好……太好了！」屁的哲學家從中得出了靈感：「如果我們讓校長在使出挖鼻孔神功時愈挖呼吸愈不順，愈挖空氣愈稀薄，這樣一來，校長應該就不想挖了！」

「我們教淚人兒哭一哭，像灌蟋蟀一樣，用淚水把校長灌出來……」屁屁超人提供妙計。

「可……可……可是」孔小子面有難色的說：「我要是流鼻水，就不會挖鼻孔，只會擤鼻涕……我怕校長在水裡，使不出挖鼻孔神功，到時候出不來怎麼辦！」

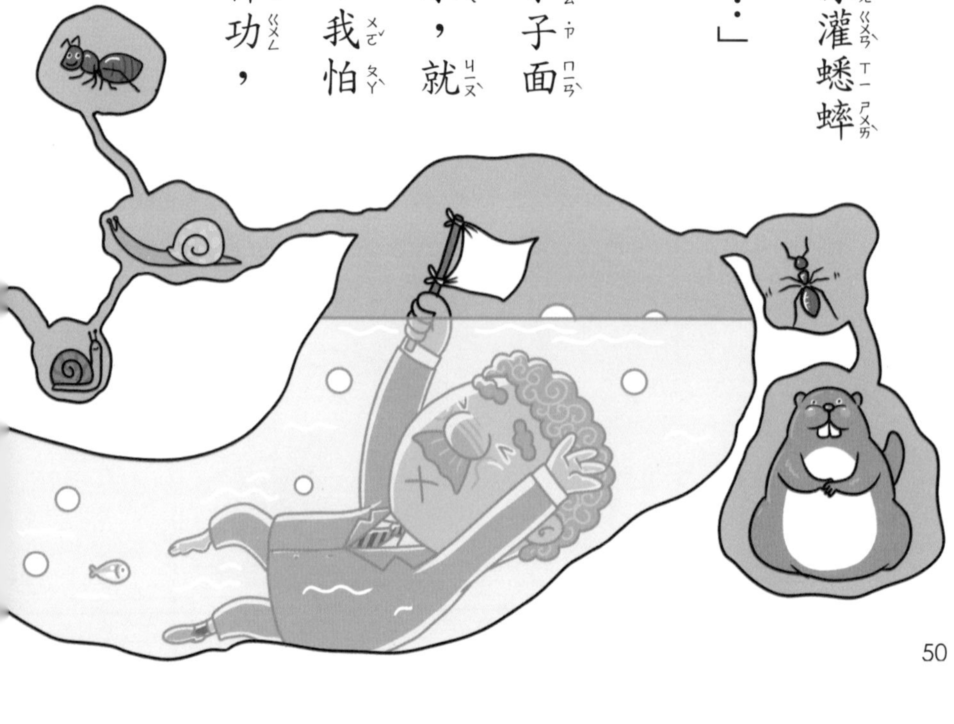

「校長雖然壞壞的……」屁屁超人聽了，深怕校長回不到地面上，馬上收回自己的提議：「但我們可以好好的規勸他，千萬不能傷了他的身體，害了他的性命。」

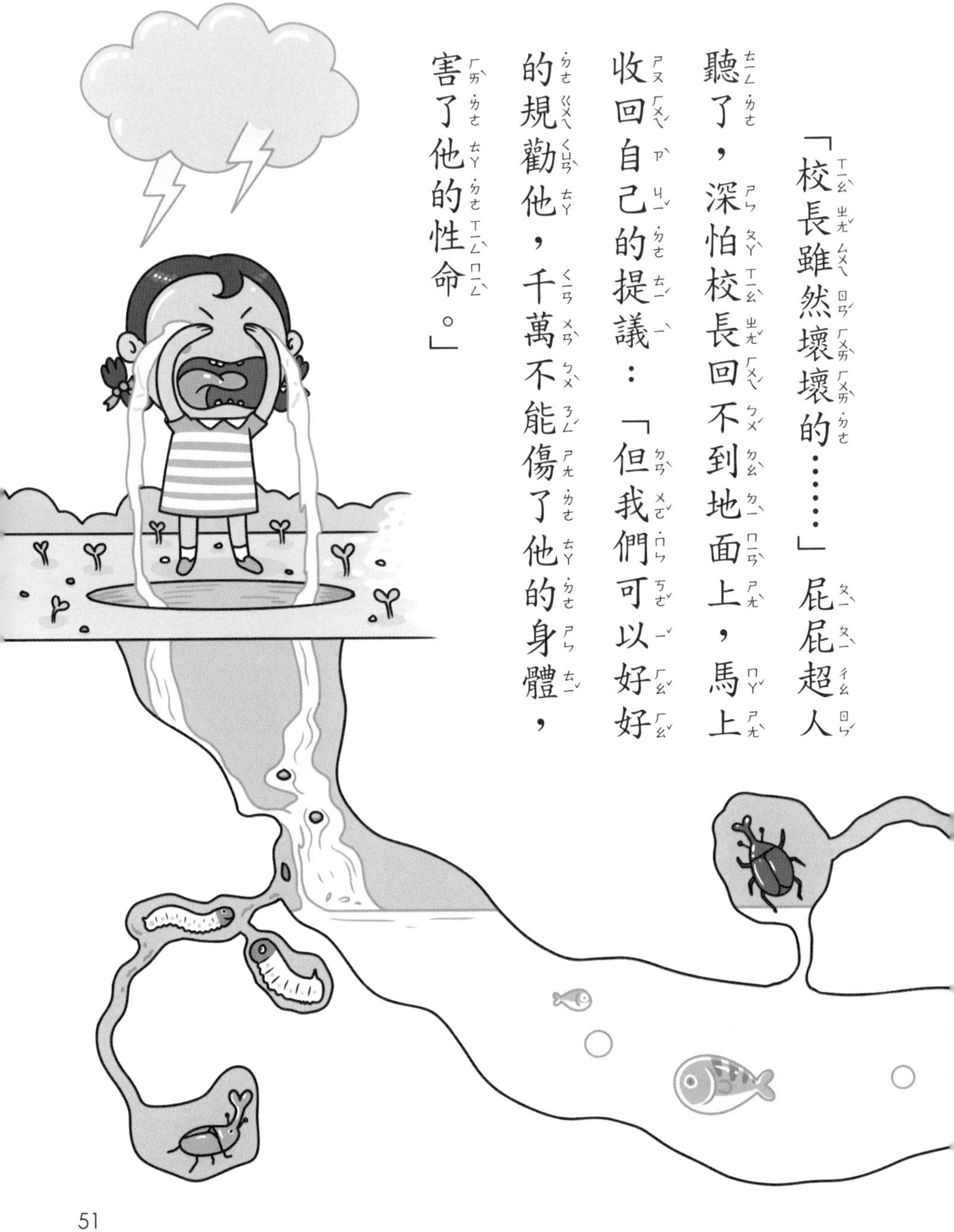

「那簡單！」平凡人科學小組全體望向屁屁超人和直升機神犬，有志一同的說：「只要來點超人屁和狗臭屁就行了。神祕校長吸了那麼多次的超人屁和狗臭屁，身體多多少少有點免疫力，對付校長用這兩種屁，讓他無處藏匿，輕輕給他一次警

惕，稍稍給他一點打擊，不致讓他呼吸不到氧氣，不會害他一命嗚呼、老命歸西！」

「可……可是……我怕飛不了那麼遠，」屁屁超人指著神祕校長挖的洞說：「校長已經挖了幾百公里了，我總不能飛進去吧？我今天帶的神奇番薯不夠多，飛進去或許還可以靠地心引力，但要飛出來……我怕我的超人屁不夠力！」

「當然不能飛進去，我想就算你是屁屁超人，在狹窄幾近密閉的空間裡，你也受不了自己的屁。」屁的哲學家理性分析。

這時候平凡人科學小組自告奮勇，他們把飛天馬桶水箱中負責把「超人屁」壓縮成「壓力屁」的機械取出來，在操場上將超人屁和狗臭屁壓縮成「超人屁炸彈」和「狗臭屁炸彈」。

為了避免搞混，屁的哲學家建議註明清楚兩種不同的屁炸彈，因為只有錯字大師身上帶著隨時要訂正的本子和鉛筆，這個任務就交給他——為了怕錯字大師寫錯字，屁的哲學家提醒他：「不會寫的字要問我。」

「『屁』字怎麼寫？」錯字大師抓著頭問。

「上面一個『尸』，下面一個『比』！」屁的哲學家仔細說明。

屁炸彈完成了，他們決定先丟超人屁炸彈，再丟狗臭屁炸彈……屁的哲學家依序把兩顆「超濃縮屁炸彈」輕輕丟進校長挖的地洞裡。

完成任務之後，屁的哲學家低頭望向手上剛撕下的紙條，嘴巴張得老大，他對錯字大師吼道：「『屁』字上面是『尸』，下面是『比』，比賽的『比』，不是米田共的『米』啦！」

就這樣……校長挖穿地球的計畫被滿溢出洞的「超人米田共」給破壞了，校長二十根手指加腳趾並用，好不容易才從「米田共」裡爬出來……他回家洗澡洗了一整個星期，味道還沒消掉……

校長本來很生氣，想要處罰涉案的學生！可是因為肥料公司聽說了這事，跑來學校要求收購洞裡所有的米田共，米田共換得了一大筆錢。屁屁超人和學生們同意把賣肥料賺來的錢捐給校長，讓他買機票帶校長夫人出國旅遊，於是校長就不追究責任，也不挖地洞了。

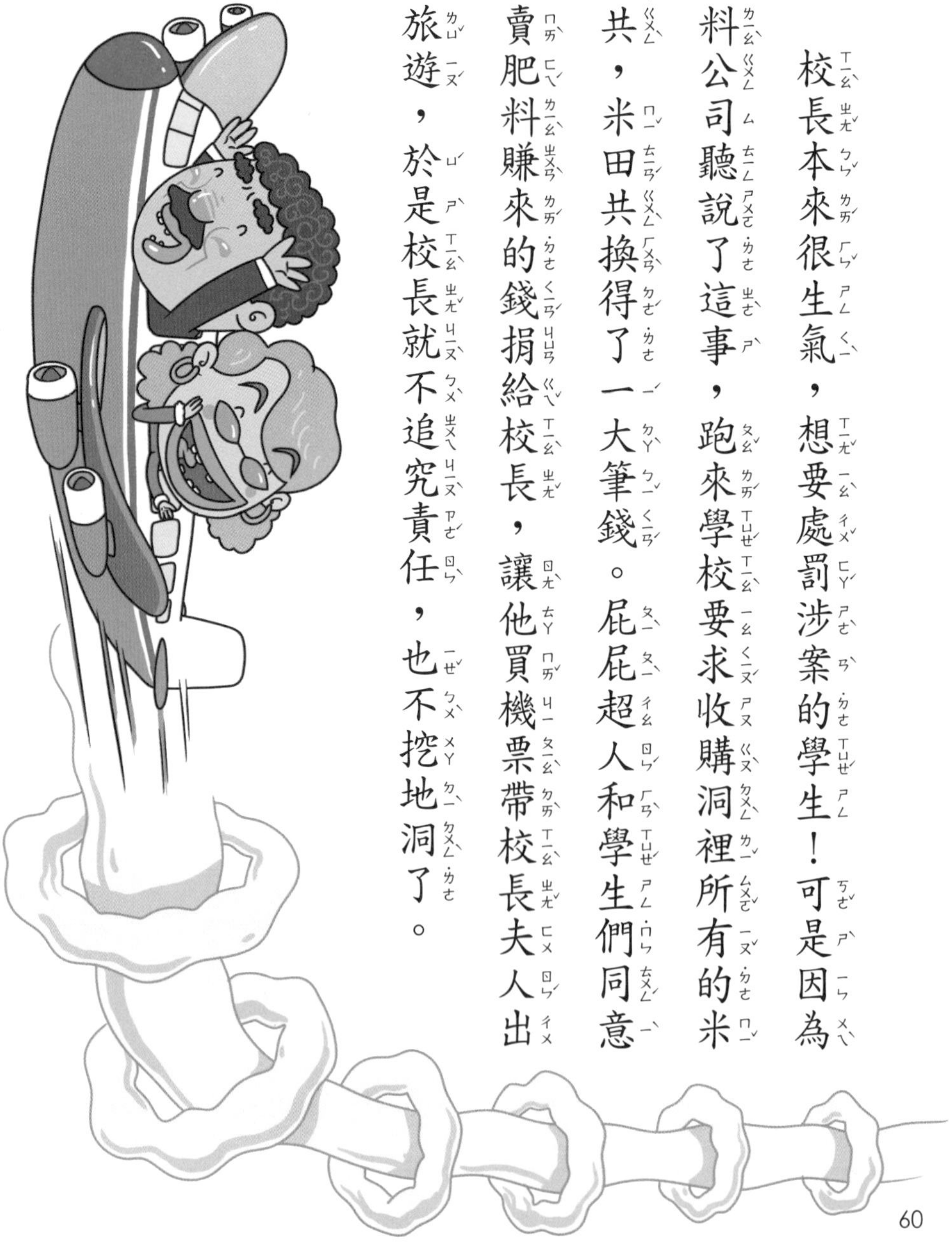

啦啦隊隊長
加油女孩

神祕小學組了一支啦啦隊，啦啦隊在比賽時都會上場為神祕小學的選手加油。

啦啦隊的隊長天生就有當啦啦隊的天賦，因為她一出生就很會「加油」，她從小就有一個綽號叫「加油女孩」！

加油女孩「加油」加的是

加油女孩與同學們
統統都有受過訓練
小朋友千萬不要學
滑～
滑～
滑～

真的油！田徑場上，加油女孩一喊「加油」，跑在神祕小學代表隊前頭的他校選手，馬上發現跑道上塗滿了油，立刻腳滑腿軟，跌個四腳朝天、鼻孔朝上，一個個呈現大字形，仰躺在跑道上，像陀螺一樣原地轉圈圈。

滑

後來居上的神祕小學選手反而像全身加了潤滑油——以惡作劇被校長追捕的速度——飛奔向前，就算不小心跌倒，也能以蛙式泳姿滑過油膩膩、滑溜溜的終點線，獲得冠軍。

籃球比賽除了地板油油的，連籃板也是油油的。

桌球比賽除了桌面油油的，連球拍也是油油的。

接力比賽除了跑道油油的，連棒子也是油油的。

尤其是游泳比賽，整座游泳池都是油……

神祕小學的代表隊都知道「加油女孩」的厲害，他們在校內選拔賽前就進行了滿地是油的特訓，能夠在油膩的場地依然保持平衡！因此，在外比賽時，完全不怕加油女孩在場邊加油——神祕小學的選手們個個都不是省油的燈。

加油女孩的超能力這麼有用，神祕校長當然不會放過她，校長找來加油女孩編進神祕班——事實上，校長還有其他的考量：

「上次用『一指神功』在校園裡挖了深深的洞才挖出石油，現在有了加油女孩，就不必那麼累了——直接叫加油女孩在洞裡加石油，省事省時又方便，好使好用又免費。」神祕校長在心裡打著如意算盤，除了石油，他還想要省下廚房買油、校車加油的經費。

加油女孩來到神祕班之後，仍然保持幫別人加油的習慣。大家問起加油女孩超能力的由來，她說——

「我媽媽肚子裡懷著我的時候，希望我健康出生，成為頭好壯壯、腮圓滾滾的可愛胖寶寶，不但天天對著我喊加油，還身體力行，天天吃大魚大肉、吃到油光滿面，就怕我營養不良，為我補充了好多油。出生後，為了我的成長茁壯，媽媽從小幫我抹潤膚油、防晒油、精油、綿羊油……她做菜也放了很多沙拉油、橄欖油、葵花油、花生油、椰子油、豬油、雞油、鵝油，連維他命藥丸裡都還有魚油！有一天我發現只要我喊：『加油！』四周就會出現滿滿的油！媽媽希望我對社會有貢獻，囑咐我替別人加油！我天天幫別人加油，因此練成了『加油』的超能力。」

加油女孩在神祕班裡大方的為大家加油！

「屁屁超人，加油！」

屁屁超人被加了油，準備放屁起飛撿羽毛球時，發現他的超人屁都摻了油……據他形容：「有點像拉肚子的感覺。」

「跳跳娃，加油！」

跳跳娃被加了油，在跳完著地時，因為地面太油摔了跤。

「淚人兒，加油！」淚人兒被加了油，哭的時候流的不是眼淚，流的是「目油」。

「吐大氣老師，加油！」被加了油的老師口氣變得油腔滑調，氣質變得油嘴滑舌，吐出來的大氣不是空氣，是油氣！

本來老師做事井井有「條」、有「條」不紊、有「條」有理、「條」理分明……被加了油之後，老師待人處事、談吐應

對全變成了老「油條」。

「加油！加油！」啦啦隊長「加油女孩」天天笑容燦爛的對大家說：「加油！」

雖然加油女孩是一番好意，但大家卻說不上來哪裡怪怪的，總覺得心裡有些悶悶的，腦筋有點愣愣的。

教室裡所有人心中暗想：「這個超能力有點可怕，見到她，我還是腳底抹油——溜之大吉——好了。」

然而，課堂上是躲不掉的……在加油女孩的加油聲中，神祕班的所有師生都隱隱覺得自己身上的脂肪變厚了，運動出汗的油脂變多了。

除了利用加油女孩撈油水，神祕校長還看上了加油女孩讓人得冠軍的天賦，他下了一道命令，要加油女孩成為他的專屬啦啦隊，天天到校長室替他加油，讓他成

為第一名的校長、最績優的長官。

於是每一節的下課時間，加油女孩都必須去校長室幫校長加油，加了油的校長自信心油然而生，覺得自己一定是最棒的校長，督學如果前來檢查，他一定會得第一名；夫人如果跑來評分，他一定會得一百分。不過，天天加油，讓校長的油脂愈來愈多，整個人看起來膨脹不少。

不久，督學真的來檢查了，督學要求請一個同學來諮詢，看學校辦學辦得好不好。

校長當然推薦加油女孩，因為加油女孩一定會為他加油。

加油女孩前來見督學，督學問：「學校的同學怎麼樣？」

「很棒呀！同學都對我很好。」加油女孩開心的說。

督學又問：「學校的老師怎麼樣？」

「很棒呀！老師教學很認真。」加油女孩滿意的說。

督學再問：「學校的校長怎麼樣？」

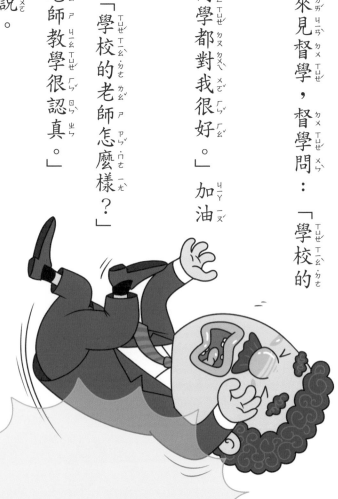

「校長啊，要加油！」加油女孩雙手握拳高舉，誠實的說。

話一說出口，校長室地板全都是油，校長驚訝過度跌倒，摔了個四腳朝天。神祕小學的學生忍不住哈哈大笑，神祕校長的面子掛不住憤憤不平。

「要加油？是不夠完美嗎？」督學在評分表上打了個叉。

督學搖著頭回去了，校長嘆著氣失望了。校長氣沖沖、喘吁吁的跑來質問加油女孩：「為什麼向督學亂說？」

「我沒亂說，您的確要我替您加油呀！」加油女孩認為自己圓滿完成任務。

校長聽了白眼翻到後腦勺，老師聽了下巴掉到地板上，同學聽了噴飯笑到肚子痛……

全身油滋滋、胖嘟嘟的神祕校長氣呼呼的說：「我不要加油女孩加油了，我自己加油！」

神祕校長把廚房的沙拉油一罐罐灌進肚子裡，他覺得還不夠，又跑到加油站，把加油站裡的油都喝光光，加完油的神祕校長肚子脹得比油罐車還大。

神祕校長變成了油膩怪獸，他回到學校要找加油女孩算帳……

「怎麼辦？我們必須保護同學！」屁屁超人很擔心校長對加油女孩不利，他帶著直升機神犬升空，想不到被校長用加油神功噴回地上，一人一犬全身沾滿了油，爬都爬不起來。

「校長吐出來的油好像是柏油……」屁屁超人和直升機神犬被黏住了，動都動不了。

幸好，冷笑話專家（兼屁的哲學家）見校長即將把學校變成一個大油鍋，趕緊說了一個腦筋急轉彎的冷笑話：「小提琴家演奏時偷放屁——猜一句成語！」

「時有耳聞——耳朵可聽到音樂，鼻子也聞到味道？」

「錯！」

「韻味十足——有『韻』律也有

『味』道？」

「錯！」

「後知後覺——小提琴家屁股

後面的樂隊才能聞到？」

「錯！」

「那到底是什麼？」校長因為猜不出來暴怒發火，「火上加油」火氣更大了！

「弦外之音！」

聽完答案，校長整個人都凍成了冰棒，油完全噴不出來。

然而，冷笑話專家救得了一時，救不了一世。

當太陽一晒，
冰塊融化，
神祕校長竟然還想
一邊噴油，
一邊點起雪茄……

正當大家茫然不知所措時，平凡人科學小組又出手了：他們利用學校教授的知識、圖書館藏的資訊和家中親友的指導，早就發明了許多消防道具。他們先前請冷笑話專家（就是「屁的哲學家」）幫忙，發明了降溫式消防衣和頭盔，只要講一聲：「土地公放屁——不同凡響！」就能夠啟動消防衣的冷笑話降溫防火功能（喊一聲：「土地公放屁——神氣活現！」就能關閉）；另外，他們又將屁屁超人的香屁褲改良（其中一位發明者，他的爸爸是吹泡泡魔術師），利用香屁褲和屁動力產生泡泡屁和屁泡泡，其中的化學成分能抑制超人屁裡頭的可燃物質，讓超人屁變成泡沫式滅火「屁」！

「滅火屁」噴了校長一身，這樣一來，就不怕神祕校長點燃了油，產生油氣火災。問題是油膩膩的校長怪獸還在校園肆虐……

「校長加油！」加油女孩還在為校長加油。

「別再替校長加油啦！」神祕班的同學連忙阻止她。

「可是，我不替他加油，我自己身上就會有太多油耶！」加油女孩面有難色。

原來，加油女孩的便當油滋滋，她的點心油膩膩，可是她本人卻是瘦巴巴、乾扁扁。大家曾經問她是怎麼減肥的，她總是這麼回答：「因為我常常幫別人加油呀！我媽媽常為我加

油，導致我的身上太多油，身材胖嘟嘟、身體肥滋滋。後來，她教我減肥的祕訣：她說自從幫我加油之後，她的身材就變苗條了——她教我也可以為別人加油來保持身材！」

「天哪！加油女孩講的是真話！我們之前還以為她在開玩笑！」屁屁超人靈機一動，他向同學表示：「校長油這麼多，我們想辦法讓校長把油加給別人吧！」

於是，為校長加油的加油女孩將校長編入她的啦啦隊，讓他幫學校的選手加油。自從加入啦啦隊之後，校長的身材瘦下來了，校長的夫人更愛他了，校長的心情變更好了，成就感更高了。

「原來，別人幫我加油，不如我幫別人加油！燃燒自己，照亮別人，還可以保持苗條身材，真是一舉數得呀！」神祕校長再也不需要學生幫他加油了，他可以自己加油，也幫別人加油！

「幫人家加油」——

不如教他為自己加油，也為別人加油！」加油女孩發現了「加油神功」的更高境界。

她準備攜手校長，一起為全世界、全宇宙加油！

屁屁超人屁友見面會

屁屁超人第七集（加上直升機神犬外傳兩集，共九集啦！）出版了，按照往例，我們來採訪一下本集出場的重要角色。

主 持 人：請問神祕校長，您有很多行為、決策，都是為了取悅校長夫人，為什麼您這麼怕……喔！不……是「愛」校長夫人呢！

神祕校長：是這樣的，雖然現在我的夫人（身材）和以前不太一樣，但在我的心中，永遠忘不了——年輕時，她都會把騎到快沒油的機車借給我，在我駛離前，總不忘溫柔的叮嚀我一聲：「要加油喔！」我每次聽了都十分感動，一定用堅定的眼神，信誓旦旦的回答她：「親愛的，我會的！我會加油的！」因為她的鼓勵，我努力學習、用功讀書、勤奮工作，最後才能當上校長。

主持人：呃……是……是，您和夫人的感情真是乾柴——油——遇上烈火啊！接下來，我想請問「平凡人科學小組」。這一集，你們又發揮了知識的特異功能、科學的超凡力量，幫助屁屁超人和神祕班，解決了校長大人闖出來的大災禍和留下來的爛攤子，請組長說一說你的感想

組長：我們「平凡人科學小組」專門完成超能力做不到的事，我們不但學習知識，還懂得互相合作，最近更計畫組織「圖書館聯盟」……畢竟想像力就是超能力、創造力就是競爭力、聯想力就是戰鬥力、注意力就是爆發力、理解力就是續航力、親和力就是凝聚力……巧克力就是誘惑力……，加上我們的父母都很阿莎力，才能對抗大人的破壞力、校長的殺傷力！總之，知識真的超級強有力！

主持人：再來，我們訪問本集新出現的角色「孔小子」和「加油女孩」，請問你們在神祕小學的生活，還適應嗎？你們覺得學校怎麼樣？

加油女孩：要加油！

孔小子：（挖鼻孔）

主持人：呃……我們還是來訪問作者吧！請問作者，許多小朋友都很想知道你是怎麼創造出「屁屁超人」這個角色？為什麼你會有「放屁超能力」的靈感？

作　者：是這樣的，我小時候必須坐公車去上學，可是每次我都擠不上公車，老是遲到被老師打屁股，所以我每天都在想——到底有什麼法子可以上學不必搭公車。我想了三個方法，一是變成超人，二是變成蜘蛛人，三是變成蝙蝠俠。後來我發現：超人是外星人，我又不是；蜘蛛人須要有輻射蜘蛛咬他，我找不到輻射蜘蛛；蝙蝠俠他爸爸很有錢，我爸爸沒有錢——這三個方法都行不通！有一天，我發現科學雜誌介紹太空梭，它放很大的屁，飛到天上去，而且外太空沒有空氣，太空梭靠屁的反作用力前進……我眼前一亮，決定吃很多地瓜，放很大的屁，飛到學校去！想不到我地瓜吃太多，體重變太重，現

在快一百公斤，飛不起來。如果有小朋友吃地瓜成功飛起來，請飛來我家，我請你們吃好吃的點心……喂！小記者，你要去哪裡呀？

主持人：我不訪問了，我要去商店買地瓜啦！

國家圖書館出版品預行編目資料

屁屁超人與加油女孩屁屁滅火器／
林哲瑋 文；BO2 圖
-- 第一版. -- 臺北市：親子天下, 2020.07
104 面；14.8x21公分. --（屁屁超人；7）
（閱讀123；83）
ISBN 978-957-503-570-9（平裝）
863.59　　109003067

屁屁超人與加油女孩屁屁滅火器

作者｜林哲瑋
繪者｜BO2

責任編輯｜黃雅妮
特約編輯｜陳韻如
美術設計｜蕭雅慧
行銷企劃｜王予農、林思妤

天下雜誌群創辦人｜殷允芃
董事長兼執行長｜何琦瑜
兒童產品事業群
副總經理｜林彥傑
總監｜林欣靜
版權專員｜何晨瑋、黃微真

出版者｜親子天下股份有限公司
地址｜台北市 104 建國北路一段 96 號 4 樓
電話｜（02）2509-2800　傳真｜（02）2509-2462
網址｜ www.parenting.com.tw
讀者服務專線｜（02）2662-0332　週一～週五：09:00~17:30
讀者服務傳真｜（02）2662-6048　客服信箱｜ bill@cw.com.tw
法律顧問｜台英國際商務法律事務所・羅明通律師
製版印刷｜中原造像股份有限公司
總經銷｜大和圖書有限公司　電話：（02）8990-2588

出版日期｜ 2020 年 7 月第一版第一次印行
2022 年 2 月第一版第七次印行

定價｜ 260 元
書號｜ BKKCD145P
ISBN ｜ 978-957-503-570-9（平裝）

訂購服務
親子天下 Shopping ｜ shopping.parenting.com.tw
海外・大量訂購｜ parenting@cw.com.tw
書香花園｜台北市建國北路二段 6 巷 11 號　電話（02）2506-1635
劃撥帳號｜ 50331356　親子天下股份有限公司 www.parenting.com.tw

立即購買 >

閱讀123